Bisher erschienen:

Der magische Funkelstein
Das Geheimnis der schwarzen Feder
Der verschwundene Fluss

Karen Christine Angermayer

Rubinia Wunderherz

Die mutige Waldelfe

Das Geheimnis der schwarzen Feder

Illustriert von Elke Broska

Band 2

Loewe

FSC
www.fsc.org
MIX
Papier aus verantwortungsvollen Quellen
FSC® C018236

ISBN 978-3-7342-0357-0
3. Auflage 2021

Umschlag- und Innenillustrationen: Elke Broska
Umschlaggestaltung: Michael Dietrich
Printed in the EU

www.loewe-verlag.de

Inhalt

Für Johannes. Für Nike. Und für Angela.
In Liebe von Herzen.

Wenn der erste Tautropf' fällt,
dann erwacht Rubinias Welt.
Tannen grüßen Vater Sonne,
Maulwürf' rekeln sich voll Wonne.

Zwischen Blättern, Ästen, Zweigen
tanzen Elfen ihren Reigen.
Siehst du Regenbogen blitzen,
sind es ihrer Flügel Spitzen!

Doch ach, weh, auch hier vorm Wald
machen böse Mächt' nicht halt.

Uralt ist der Väter Fehde
und im Wald geht das Gerede,
dass nicht beizulegen sei,
was die Welten einst entzweit.

Wird Rubinias lichtes Wesen
eines Tags die Wahrheit lesen?
Und mit ihrem reinen Herzen
wandeln die verborgnen Schmerzen?

Sei dabei, wenn die Magie
Freud und Licht bringt wie noch nie!
Und auch in dir, so viel ist klar,
steckt ein Körnchen „wunderbar"!

Bäume wissen einfach alles

Rubinia Wunderherz saß über ihren Hausaufgaben. „Puh, ein Waldtier mit drei Buchstaben. Igel? Nein. Fuchs? Auch nicht …“ Hach, es wollte ihr einfach nicht einfallen. Stattdessen kritzelte sie einen Marienkäfer in ihr Heft.

Hier im Elfenwald war es wunderbar warm und sonnig heute. Viel lieber würde sie draußen herumfliegen, statt hier zu sitzen! Eine Ameisenfamilie flitzte emsig unten am Waldboden herum. Sie bauten ein neues Zuhause. Und die Sonne malte gerade ein besonders

schönes Muster auf Rubinias Tisch ... Die Waldelfe war ganz versunken in den Anblick, als sie plötzlich lautes Rufen hörte: „So eine Gemeinheit! Jetzt können wir unseren schönen Ausflug vergessen.“ Rubinia sah aus ihrem Baumloch. Niemand da. Sie setzte sich wieder und versuchte, sich auf ihre Hausaufgaben zu konzentrieren. Konnte ihr Füller nicht wenigstens ein klitzekleines bisschen Magie haben, um die Aufgaben im Nu für sie zu erledigen? Ihre beste Freundin Enja hatte ihr den Füller zum Geburtstag geschnitzt und sogar mit Rubinias Namen versehen. Enja war eine wahre Künstlerin und handwerklich sehr geschickt.

Draußen ertönte wieder aufgebrachtes Schimpfen. Rubinia hielt es nicht mehr länger aus, sie musste wissen, was da los war! Ihre Hausaufgaben würden sicher nicht weglaufen.

Sie flog in die Richtung, aus der die verärgerten Rufe kamen. Fünf kleine Eichhörnchen beugten sich über einen Haufen aus Zweigen und Schilf. Als Rubinia näher kam, sah sie, dass es ein Floß gewesen war, das jetzt zerbrochen war.

„Irgendein Blödian hat unser Floß kaputt gemacht! Dabei hatten wir uns so auf unseren Ausflug heute gefreut!", erklärte Tamo, ein Eichhörnchen-Junge, Rubinia. Man konnte sehen, dass er geweint hatte.

Rubinia nahm ein paar der zerbrochenen Zweige in die Hände. „Ich helfe euch, euer Floß zu reparieren."

Überglücklich holten die Eichhörnchen alles nötige Material zusammen und reichten es Rubinia. Es war gar nicht so einfach. Die Schilfhalme lösten

sich mehrmals wieder, während die Waldelfe sie verknotete. Rubinia seufzte ungeduldig.

„Wir sind sehr froh, dass du uns hilfst!", versicherte ihr Lina, eins der beiden Eichhörnchen-Mädchen, und lächelte Rubinia dankbar an.

Rubinia lächelte zurück. Auch wenn Flöße reparieren Arbeit war, machte es mehr Spaß als Hausaufgaben.

Wie im Flug verging der Nachmittag. Als Rubinia

und die Eichhörnchen mit den Reparaturen fertig waren, stand die Sonne schon tief am Himmel.

„Schade, dass wir heute nicht mehr damit fahren können. Es ist schon zu dunkel", meinte Frido, der kleinste Eichhörnchen-Junge, traurig.

„Hat jemand was von dunkel gesagt? Höchste Zeit für ein Lagerfeuer!", rief Lorian. Der Elfenjunge flog heran und zwinkerte seiner Freundin Rubinia zu. „Wer von euch ist der weltbeste Feuermacher?"

„Ich! Ich! Ich!“, riefen alle Eichhörnchen durcheinander.

Rubinia lächelte. Lorians Aufgabe im Wald war, sich um kleine Tiere zu kümmern. Das machte er wirklich prima. Oje, da fielen ihr die eigenen Hausaufgaben ein. Nichts wie los!

Unterwegs kam Rubinia bei Feodor vorbei, dem Farn, der mit seiner Familie am Waldrand wohnte. „Wie ist das Befinden, Allerwerteste?“, fragte Feodor und verbeugte sich ausladend, indem er seine prächtigen Blätter schwungvoll zur Erde neigte.

Rubinia schmunzelte. „Danke, meinem Allerwertesten geht es gut“, antwortete Rubinia. „Nur meinen Berg Hausaufgaben, den würde ich gerne einfach wegzaubern.“

Leider hatte die Waldelfe keinen Zauberstab. Sie dachte an das Traubenblütenfest, an dem alle jungen Elfen einen eigenen Zauberstab bekommen hatten. Außer Rubinia!

Sie hatte ein Amulett mit Edelsteinen erhalten. Das Amulett hatte die Form einer Blüte und sie trug es immer an ihrem Gürtel. Manchmal funkelten die Steine auf dem Amulett magisch, aber richtig zaubern konnte Rubinia damit nicht. Trotzdem mochte sie das Amulett und sie hatte sich auch mit ihrer Aufgabe im Wald angefreundet: Sie sollte sich um Wahrheit, Gerechtigkeit und Harmonie kümmern. Das klang schwierig, aber wenn sie ihrem Herzen folgte, war es ganz einfach. Und in ihrem Herzen spürte sie, dass die Sache mit dem kaputten Floß der Eichhörnchen komisch war.

„Sag mal, Feodor?", fragte sie den Farn. „Ist dir in den letzten Tagen etwas aufgefallen? Jemand hat das Floß der kleinen Eichhörnchen kaputt gemacht."

Feodor wedelte theatralisch mit seinen Blättern. „Oh, darum ging es also. Ihr Geschrei war nicht zu überhören. Die Ärmsten!"

Rubinia nickte. „Weißt du, wer es gewesen sein könnte?"

Der Farn zuckte mit den Blättern. „Da muss ich leider passen, liebste Lady, ich habe nicht den leisesten Schimmer eines Schimmers!"

Rubinia bedankte sich und flog weiter. Da sie wenig Lust hatte, an ihren Schreibtisch zurückzukehren, machte sie noch kurz halt bei Kornelius. Kornelius war eine uralte Eiche und ihr Freund. Sie ließ sich in das weiche Moos sinken, das auf seinen Wurzeln wuchs.

„Ich weiß es leider auch nicht, wer das getan haben könnte", sagte Kornelius, bevor Rubinia ein Wort sagen konnte. Die Bäume unterhielten sich miteinander durch das Rascheln ihrer Blätter. Sie wussten stets über alles Bescheid, was im Wald vor sich ging. „Aber ich werde meine vielen Blätterohren für dich offen halten“, versicherte der knorrige Riese der Waldelfe. Dann hob er seine Wurzeln, sodass Rubinia aufgeschuckelt wurde.

„Du solltest jetzt besser schnell nach Hause fliegen. Wenn es dunkel ist, siehst du dein Heft nicht mehr“, mahnte Kornelius. Rubinia seufzte. Dass sie noch Hausaufgaben zu machen hatte, wusste der Baum also auch. Die Bäume waren aber wirklich echte Klatschtanten!

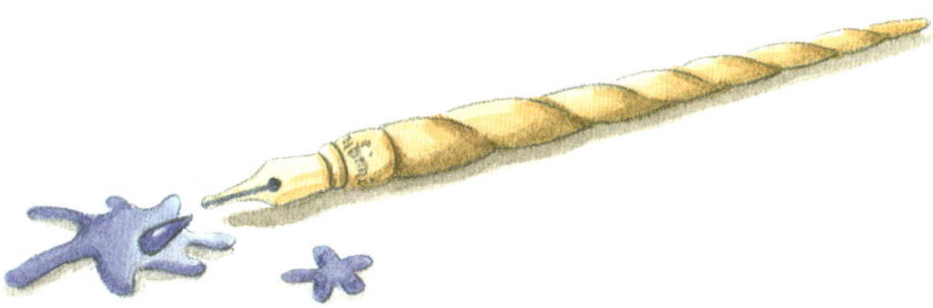

Wer futtert so viele Erdbeeren?

Am nächsten Nachmittag strahlte die Sonne wieder mit den fröhlichen Gesichtern der Waldelfen um die Wette. Die Wäscherei-Elfen hingen frisch gewaschene Laken, Jacken, Hosen und Strümpfe an lange Leinen, die quer durch den Wald gespannt waren. Die Blumenelfen sahen nach, dass alle Pflanzen unversehrt waren. Hier und da nahmen sie ihre Zauberstäbe und zauberten kaputte Blüten heil. Ein fröhliches Summen und Brummen lag in der Luft.

Plötzlich durchbrach Florentines laute Stimme die Harmonie. „Gütiger Blauwurz!“

Rubinia, die gerade ein großes getrocknetes

Ahornblatt in ihr Schulheft klebte, sah auf. Wenn Florentine so wütend wurde, dann hatte es einen Grund. Rubinia schloss das kleine Glas mit Baumharz. Das Harz diente ihr als Kleber. Die restlichen Blätter, die noch auf ihrem Tisch lagen, konnte sie auch später einkleben.

In Windeseile flog die Waldelfe zur Konditorei hinüber, in der Florentine immer die feinsten Kuchen und Törtchen zauberte. Die Hände in die rundlichen Hüften gestemmt, starrte die Konditorin verärgert in zwei große Weidenkörbe. Sie waren leer.

„Weg! Alle meine Walderdbeeren! Einfach weg! Ich wollte heute Nacht Marmelade einkochen, weil der Mond gerade günstig steht", rief sie.

„Ich helfe dir, wir pflücken einfach neue!", bot sich Rubinia an.

„Ich helfe auch!" Enja machte neben ihnen halt. Wie immer hatte sie ihr seidiges blondes Haar in kunstvolle Strähnen geflochten.

„Wenn's was zu futtern gibt, helfe ich auch gern!", rief Lorian, der zwischen den Mädchen auftauchte.

„Nix zu futtern!", brummte Florentine zornig. „Nur leere Körbe!" Doch als die Elfen gerade aufbrechen wollten, platschten dicke Regentropfen vom Himmel.

„Auch das noch!", schimpfte Florentine. „Na

kommt, Kinder, dann mache ich uns eben erst mal einen leckeren Kakao. Und ein paar Blaubeer-Muffins und Zitronenschaum-Törtchen sollten auch noch irgendwo zu finden sein."

Lorians Gesicht hellte sich auf.

Müde lag Rubinia einige Stunden später in ihrem weichen Moosbett. Sie hatten es tatsächlich noch geschafft, neue Erdbeeren für Florentine zu sammeln. Rubinia wollte gerade einschlafen, da hörte sie ein Geräusch, das sie nicht kannte. Es klang wie ein Krächzen, sehr tief und heiser. Merkwürdig. Sie rieb sich die Augen und sah hinaus. Bis auf ein paar Sterne war es stockdunkel.

Plötzlich leuchtete etwas grün auf. Ein Stern? Nein, es war der grüne Stein auf ihrem Amulett! Was hatte das zu bedeuten? Hatte sie eine neue Aufgabe zu lösen? Aber welche? Rubinias Herz fing auf einmal laut und schnell an zu pochen.

Der hellgrüne Schimmer des Steins verbreitete sich überall. „Petrula", dachte sie. „Die alte Elfe spricht die Sprache der Steine. Vielleicht kann sie mir helfen, den grünen Stein zu verstehen! Gleich morgen nach der Schule werde ich sie besuchen."

Besuch bei der alten Petrula

Mittags nach der Schule stärkte sich Rubinia bei Florentine. Die Konditorin hatte ihr feine Walnusspfannkuchen mit Ahornsirup und gerösteten Sonnenblumenkernen gebacken. Rubinia schleckte sich die klebrigen Finger ab. Mmh ... lecker! Dann machte sie sich auf den Weg.

Petrula wohnte in einem sehr abgeschiedenen Teil des Waldes. Rubinia war lange unterwegs, bis sie die kleine Höhle erreichte, die komplett mit Moos überwuchert war. Sie klopfte an die niedrige Holztür.

„Rubinia Wunderherz, tritt ein und sei willkommen!“, rief die Steinelfe erfreut, als sie

die Tür öffnete. Petrula war schon sehr alt, doch ihre Augen waren noch ganz jung. Sie hatte langes weißes Haar und trug Hosen und Bergstiefel, da sie viel herumwandern musste, um ihre kostbaren Steine zu sammeln.

In kleinen Schachteln hatte Petrula verschiedene Heilsteine nach dem Alphabet sortiert: Augendrücken, Bauchweh, Hexenschuss, Warzen … Rubinia schmunzelte. Für jedes Wehwehchen gab es einen Stein!

Nachdem Petrula ihr ein köstliches Edelsteinwasser zum Trinken angeboten hatte, fragte sie: „Was führt dich zu mir?"

Rubinia nahm das magische Amulett von ihrem Gürtel und zeigte es ihr.

Die Steinelfe machte große Augen. „Sieht ganz so aus, als stünde dir eine große Aufgabe bevor."

Rubinia verstand nicht, was Petrula meinte. „Heute Nacht hat dieser grüne Stein plötzlich aufgeleuchtet. Was bedeutet das?"

„Das ist ein Jadestein", sagte Petrula und strich vorsichtig über seine Oberfläche. „Er bringt Frieden bei Konflikten."

Kon...fetti? Kon...fitüre? Rubinia hatte Petrula nicht verstanden, doch sie wollte nicht noch einmal fragen. Petrula fuhr fort: „Mehr kann ich dir auch nicht sagen. Der Stein wird dir deine Aufgabe enthüllen." Sie sah Rubinia ernst an und strich ihr kurz übers Haar. „Viel Glück. Und viel Schutz." Die Steinelfe reichte ihr das magische Amulett zurück.

„Danke", antwortete Rubinia leicht verwirrt. Wovor sollte sie Schutz brauchen? Sie befestigte das Amulett wieder an ihrem Gürtel und verabschiedete sich. Nachdenklich flog sie nach Hause.

Als sie an der Elfen-Wäscherei vorbeikam, hörte sie laute Stimmen. Was war da los? Sie flog näher. Die Elfen erzählten gerade empört, dass jemand ihre frische Wäsche beschmutzt und teilweise auch durchlöchert hatte. Um es zu zeigen, hielten sie eine Unterhose hoch. Sie sah aus wie ein Schweizer Käse. Einige umstehende Elfenkinder kicherten. Für die Wäscherei-Elfen war es gar nicht lustig: „Wer macht denn so was?“, riefen sie.

„Merkwürdig, erst das Floß, dann die Erdbeeren, jetzt die Wäsche“, dachte Rubinia beim Weiterfliegen. In den letzten Tagen gab es viel Unruhe im Wald. Ihr Herz klopfte auf einmal wieder sehr laut und sehr schnell. Was wollte es ihr bloß sagen?

Gefahr am Biberdamm

Der Rest der Woche verlief ganz normal. Es herrschte Ruhe und Frieden in der kleinen Waldsiedlung und Rubinias Herz klopfte auch ganz normal. Rubinia ging mit ihren Freunden in die Waldschule, in der auch Tiere und Insekten unterrichtet wurden. Die einzelnen Klassen lagen in den Baumkronen von mehreren Buchen.

Rubinia konnte sich heute nicht konzentrieren. Sie dachte immer noch an das, was in den letzten Tagen alles geschehen war …

„Hier spielt die Musik!“, rief Lehrerin Severine und klopfte ein paar Mal genervt mit ihrem Zeigestab auf

Rubinias Buchentischplatte. Die Buche, zu der die Platte gehörte, verdrehte die Augen. Sie mochte es nicht, auf den Kopf geklopft zu bekommen, auch wenn es nicht wehgetan hatte.

Rubinia riss sich zusammen. „Äh, welche Musik?“, fragte sie verwirrt.

Ihre Mitschüler lachten, doch Severine funkelte sie wütend an. „Hör mal, Fräulein Naseweis, ich habe schon den ganzen Morgen das Gefühl, dass du nicht zuhörst. Du möchtest wohl gerne heute Nachmittag die Nadeln im Kiefernwald einzeln zum Trocknen auslegen?"

Rubinia erschrak. Das war eine richtig doofe Aufgabe. Wehe, man machte es nicht ordentlich. Das mochten die Apotheker-Elfen gar nicht. Die machten nämlich Medizin aus den Kiefernadeln.

Als Rubinia nach der Schule einen kleinen Rundflug machte, hörte sie lautes Rufen am Biberdamm. Der kleine Biber Baldur und andere Tiere halfen den Eichhörnchen gerade dabei, von ihrem Floß auf einen Baumstamm zu klettern.

„Was ist passiert?", fragte Rubinia.

„Wir haben heute unsere Floßfahrt gemacht, weil wir endlich alle Zeit hatten. Aber es war auf einmal sehr gefährlich. Jemand hat uns vom anderen Ufer aus mit Steinen beworfen!", erklärte Lina. Sie zeigte auf die andere Seite des Flusses. „Wir wollten ausweichen und sind dann hier im Damm stecken geblieben!"

„Zum Glück hat Baldur uns gerettet", fügte Tamo hinzu.

„Und jetzt spielen wir alle noch eine Runde Karten und trinken leckeren heißen Kakao bei Florentine! Wer hat Lust?", rief Lorian, der gerade dazukam. Er holte ein Quartett aus seiner Westentasche. Kleine Waldtiere und Waldfrüchte waren darauf zu sehen. Die Eichhörnchen und Baldur fanden das eine tolle Idee.

Nur Rubinia wollte unbedingt herausfinden, wer wohl mit Steinen geworfen hatte.

Als die anderen in Richtung Waldkonditorei losliefen, ging Rubinia bis zum Ende des Baumstamms, der quer über dem Fluss lag. Das letzte Stück übers Wasser musste sie fliegen. Am anderen Ufer überlegte sie: Von wo hatte der Steinewerfer genau geworfen? Und wer aus ihrem Wald tat so etwas? Plötzlich entdeckte sie eine lange schwarze Feder, die sie noch nie gesehen hatte. Welcher Vogel trug ein solches Federkleid?

Rubinia machte die Feder an ihrem Gürtel fest. Als sie nichts Auffälliges mehr entdecken konnte, flog sie nach Hause.

Abends schaute Florentine wie immer bei ihr vorbei und gab ihr einen Gutenachtkuss. Rubinia erzählte ihr von der Rettung der Eichhörnchen.

„Das ist wirklich seltsam“, sagte Florentine. „So viel Ärger hat es hier doch sonst nie gegeben!“ Dann bemerkte sie die Feder. „Na so was, bei uns gibt's doch gar keine Raben!“

„Aha, es ist also eine Rabenfeder!“, dachte Rubinia.

Florentines Stirn verzog sich auf einmal sorgenvoll. „Ich hoffe nicht, dass der gefiederte Geselle von drüben stammt.“ Mit drüben meinte sie das Reich der Nebelelfen. Es war ein sehr düsterer Teil des Waldes, der von dichtem Nebel durchzogen war. Die Nebelelfen und die Waldelfen waren vor vielen, vielen Jahren in Streit geraten, der bis heute nicht geschlichtet war.

Als Florentine gegangen war, zog sich Rubinia ihre weiche Moosdecke bis an die Nasenspitze. Draußen war es schon dunkel. Plötzlich leuchtete der grüne Stein an ihrem Amulett wieder auf. Sein Schein beleuchtete die Rabenfeder. Schwarz

und geheimnisvoll schimmerte sie im Licht. Was hatte das zu bedeuten? Wenn sie sich doch bloß erinnern könnte, was Petrula gesagt hatte! Der Stein bringt Frieden in Kon...zerte? Kon...trabässe? Kon... firmanten? Nein ... Über dieser Frage schlief Rubinia ein.

Ein nächtlicher Ausflug

Mitten in der Nacht wurde Rubinia wach. Sie setzte sich im Bett auf. Alles war still. Nur ein Käuzchen in der Ferne war zu hören. Und noch etwas anderes ... Rrrroooaaak, rrrroooaaak!

War das der Rabe, dessen Feder sie besaß? Derjenige, der vielleicht die Eichhörnchen mit Steinen beworfen hatte?

Rubinia durfte keine Zeit verlieren. Je eher sie ihn fand, desto besser. Schnell schlüpfte sie in ihre Kleidung, legte den Gürtel mit dem Amulett an und flog los. Sie würde Lorian bitten, sie zu begleiten.

Vor seinem Baum angekommen, hob sie ein paar Eicheln vom Boden auf und flog zu seinem Baumloch empor. Dahinter schliefen Lorian und seine beiden kleinen Brüder. Seine Eltern schliefen im Baumloch darunter. Man konnte das Schnarchen von Lorians Vater Eldor laut hören. Rubinia grinste. Sie zielte und warf eine der Eicheln auf Lorians Bauch. Lorian bemerkte es nicht. Er schlief zu fest.

Als sie mit der zweiten Eichel gerade zielen wollte, rief Lorians kleiner Bruder im Schlaf: „Wackelpudding!“

Rubinia kicherte.

„Was ist denn da draußen los?", hörte sie plötzlich die tiefe Stimme von Eldor.

Auweia, besser, sie beeilte sich! „Lorian!", rief sie, so leise sie konnte.

Doch der Elfenjunge rührte sich nicht. Rubinia zielte auf seine Hand, die vom Bett herunterhing. Lorian schlug die Augen auf und betrachtete verwundert seine Hand.

„Hallo, ich bin hier!", flüsterte Rubinia und winkte ihm zu. Lorian rieb sich die Augen. Er stand auf und

schlurfte zu ihr rüber. „Was ist los? Haben wir heute Mitternachtsschule, oder was?"

„Nein, ich brauche deine Hilfe. Wir müssen einen Raben finden!", entgegnete Rubinia.

„Einen Raaaben?", fragte Lorian gähnend. „Hier im Wald gibt es keine Raben."

„Doch", zischte Rubinia. „Ich habe einen Raben gehört! Vielleicht hat er die Eichhörnchen beworfen. Jetzt komm schon, ich erkläre dir alles unterwegs!"

Schlagartig war Lorian wach. „Du weißt doch, dass es verboten ist, nachts im Wald zu sein!"

„Bitte!" Rubinia sah ihren Freund flehend an.

Aber der schüttelte den Kopf. „Tut mir leid, aber meine Eltern werden echt sauer sein, wenn ich das mache."

Rubinia wusste, dass die Eltern nicht der einzige Grund waren. Lorian fürchtete sich in der

Dunkelheit. Doch sie sagte nichts. Sie wollte sich gerade zum Wegfliegen wenden, da flüsterte Lorian: „Warte!"

Er stieß durch die Finger einen leisen, hohen Pfiff aus und noch im gleichen Moment war Ricki, das rasende Taxi-Eichhörnchen, zur Stelle. Es flitzte am Baumstamm zu Lorian hoch.

„Ich zu Diensten sein kann wie?" Ricki sprach immer so schnell, dass er die Wörter durcheinanderwürfelte.

„Begleite Rubinia durch den Wald", bat ihn Lorian. Und zu Rubinia gewandt: „Ricki ist sehr schnell und er kann dich beschützen, wenn ..." Er wollte es nicht aussprechen, was alles passieren konnte im dunklen Wald.

„Danke!" Rubinia schwang sich auf Rickis Rücken und winkte Lorian zu. Dann flitzte das Eichhörnchen mit ihr den Baumstamm hinunter.

Die Abmachung

Als sie ein Stück geritten war, sah Rubinia sich suchend um. Wo sollten sie mit der Suche nach dem Raben anfangen? Bis auf das leise Rascheln von ein paar Bäumen, die sich noch leise unterhielten, war es ganz still.

An einer Weggabelung hielt Ricki an. „Hin wo du willst? Ich überall dich bringe!"

Rechts führte der Weg sie tiefer in den Wald hinein, links ging es zum Waldrand.

Rubinia dachte nach. Sollten sie nach links gehen? Oder besser nach rechts? Als wollte er ihr eine Antwort geben, leuchtete der grüne Stein an ihrem Gürtel auf, als sie „rechts" gedacht hatte.

„Lauf nach rechts!“, flüsterte Rubinia Ricki zu. Besser, sie waren von nun an leise. Wer weiß, wer sie beobachtete.

Ricki gehorchte und flitzte los, ohne ein Geräusch zu machen.

Wuuuschhhh! Etwas Großes, Gefiedertes rauschte über sie hinweg. Rubinia zuckte zusammen. Dann erkannte sie, dass es Tibor, der Uhu, gewesen war.

Nur wenige Schritte später raschelte es dicht neben ihnen im Gebüsch. Es war ein Siebenschläfer, der schlafwandelte.

Dichter und dunkler wurde der Wald. Zum Glück erhellte ihr der Mond ab und zu ein Stück des Wegs. Rubinia wusste: Geradeaus kämen sie bald zur Nebelwand und damit an die Grenze zum Reich der

Nebelelfen. Rubinia spürte, dass es in diesem Teil des Waldes schon deutlich kühler war. Sie hoffte sehr, den Raben, oder wer auch immer der fremde Besucher war, bald zu finden.

Plötzlich hörte sie das Krächzen wieder. Diesmal ganz nah. Rubinia lenkte Ricki nach rechts. Hinter den Kiefern am Wegrand lag eine kleine Lichtung. Und mitten auf der Lichtung saß ein pechschwarzer Vogel. Seine Federn glänzten geheimnisvoll im Mondlicht.

Rubinia beobachtete den Raben. Er hatte mit seinem Schnabel mehrere Kreise in die Erde gezogen und warf mit seinem Schnabel kleine Steinchen hinein. War er der Steinewerfer vom Fluss? Sein Schnabel sah kräftig und scharf aus. Dennoch bemerkte Rubinia, dass er noch ganz jung sein musste. Er war nicht besonders groß und spielte wohl sehr gerne.

„Darf ich mitspielen?“, fragte sie deswegen mutig.

Der Rabe drehte sich um. „Nein, das geht nicht. Dieses Spiel kann man nur alleine spielen! Wer bist du überhaupt?“

„Ich bin Rubinia Wunderherz“, antwortete die Waldelfe. „Wie schade, zusammen macht Spielen doch viel mehr Spaß!“

„Papperlapapp!“, erwiderte der Rabe und warf den nächsten Stein.

Rubinia klatschte. „Du bist ein guter Werfer“, rief sie. „Warst du neulich am Fluss?“

„Kann sein. Kann aber auch nicht sein“, meinte der Rabe, ohne sie anzusehen.

„Wenn du am Fluss warst, dann hast du so gut gezielt, dass du ein paar kleine Eichhörnchen getroffen hast!“

„Die waren mir im Weg!“, krächzte der Rabe

verärgert. Dann merkte er, dass er sich verplappert hatte. „Äh, ich meine, wo soll das noch mal gewesen sein?"

Doch Rubinia hatte verstanden. „Ich wette, du magst auch gern frische Walderdbeeren und frisch gewaschene Wäsche, in die man schöne, große Löcher hacken kann?"

Der Rabe krächzte. „Ich dachte, du wolltest mit mir spielen. Dabei willst du nur doofe Fragen stellen."

Rubinia nickte und sagte sanft: „Stimmt, aber du hast viel angestellt bei uns im Wald."

„Ja, und?", krähte der Rabe frech. „Bei uns gibt es keine so leckeren Erdbeeren. In meinem Wald wachsen nur Pilze, pfui Spinne! Deshalb bin ich jetzt hier. Und das mit den Eichhörnchen und der Wäsche – das war doch nur Spaß!"

„Spaß nennst du das? Die Eichhörnchen hätten ins Wasser fallen können!", schimpfte Rubinia laut. „Hör zu, hier im Wald ist jeder freundlich zum anderen und bringt niemanden in Gefahr! Wenn du hierbleiben willst, musst du dich auch daran halten. Sonst kannst du gleich wieder zurückgehen zu deinen – deinen Pilzen!", rief Rubinia.

Der Rabe schaute Rubinia an. Er sah jetzt gar nicht mehr so frech aus. Eher traurig und unsicher. „Aber ich würde gerne bleiben. Hier ist es viel schöner!"

Rubinia überlegte. Irgendwie mochte sie den Raben. Er war klein und frech, aber nicht böse.

„Ich könnte dir helfen ...", murmelte sie.

Der Rabe sah sie neugierig an. „Wobei?"

„Ich könnte dir beibringen, nett zu sein! Dann kannst du bleiben", überlegte Rubinia laut.

„Nett. Nett. Nett. Das Wort kenne ich nicht. Was heißt das?" Der Rabe legte den Kopf schief.

Rubinia seufzte. Das fing ja gut an!

„Du wirst es schon noch herausfinden", antwortete sie. „Sei morgen Mittag hier! Wie heißt du eigentlich?"

„Rabor. Rabor vom Rabenfels", antwortete der Rabe.

„Also, Rabor, schlag ein!" Sie gaben sich Kralle und Hand und besiegelten so ihre Abmachung.

Rubinias Herz machte einen kleinen Looping in ihrer Brust. Sie war froh, dass sie den Raben gefunden hatte. Und sie fühlte plötzlich ganz deutlich, dass es ihre Aufgabe war, ihm dabei zu helfen, hierbleiben zu können.

Auf dem Heimweg schlief sie fast auf Rickis Rücken ein, so müde war sie. Das Eichhörnchen setzte sie sicher wieder an ihrem Bett ab und lief dann zu Lorian zurück.

Nachhilfe im Nettsein

Am nächsten Tag konnte Rubinia es wieder kaum erwarten, bis die Glockenblumen das Ende der Schulzeit einläuteten.

„Kommst du nachher zu mir und hilfst mir beim Bänderflechten?“, fragte Enja, als sie ihre Bücher zusammenpackten. Enja hatte vom Ältestenrat die Aufgabe bekommen, alle Bäume in der Allee zum Elfenschloss neu zu schmücken.

„Tut mir leid, aber ich habe keine Zeit“, sagte Rubinia. „Ich bin sowieso nicht so geschickt wie du, ich bringe beim Flechten immer alles durcheinander!“

„Du hättest sie auch nur halten sollen. Sie sind viele Meter lang“, meinte Enja. Man sah ihr an, dass sie enttäuscht von ihrer Freundin war.

Rubinias Herz zog sich zusammen. „Ich – ich helfe dir morgen. Oder in ein paar Tagen, ja?“, rief Rubinia und flog schnell los, bevor Enja noch etwas sagen konnte.

Rabor war nicht auf der Lichtung. Oder doch? Ein abgeknabberter Kirschkern traf Rubinia plötzlich von oben am Po. „Hallöchen, Popöchen!“

Rubinia sah nach oben und entdeckte Rabor auf einem Ast. Er lachte schelmisch.

„He, aufhören, das ist nicht nett!“, rief sie ihm zu.

Der junge Rabe verzog enttäuscht das Gesicht. „Bei uns im Wald bewirft man sich immer mit etwas“, meinte er.

„Du liebe Zeit!“, sagte Rubinia. „Du bist echt ein komischer Vogel. Lektion eins: Wir begrüßen uns freundlich“, begann sie und betonte das

„freundlich". „Man gibt sich die Hand oder in deinem Falle die Kralle –"

„Fallekralle, Krallefalle!", unterbrach sie der Rabe und lachte.

„Lektion zwei!", rief Rubinia laut. „Wir unterbrechen den anderen nicht!"

Rabor verstummte. „Du bist eine ganz schöne Spaßbremse, weißt du das?"

„Du kannst jederzeit in deinen Wald zurück!", erwiderte Rubinia. „Am besten sagt man dem anderen auch etwas Nettes", fuhr sie fort. „Dein Federkleid glänzt heute sehr schön, könnte ich zum Beispiel zu dir sagen. Was könntest du zu mir sagen?"

Rabor kniff beide Augen zusammen, als er angestrengt nachdachte. Dann machte er sie wieder auf. „Deine Haare sind heute sehr schön strubbelig!", rief er aufgeregt.

Rubinia kicherte. „Das war zwar nicht richtig nett, aber in meinem Fall ist es wahr!" Ihr rotbraunes

Haar war fast immer zerzaust, weil sie gern neugierig in dichtem Gebüsch herumflog. „Was für Spiele magst du gerne?", fragte sie.

Rabor antwortete: „Schlammschlacht, Murmeltierschreck, Wirf-den-Wurm ..."

Rubinia verzog das Gesicht. Sie kannte keines der Spiele, ahnte aber, worum es ging. „Genug für heute. Morgen bringe ich dir eins von unseren Spielen bei." Sie erhob sich flügelschlagend. „Ich komme morgen um die gleiche Zeit wieder. Und bitte keine Kirschkerne zur Begrüßung!"

Rabor grinste und rief ihr nach: „Das war schön schrecklich und schrecklich schön heute, dein Unterricht!" Rubinia winkte ihm lächelnd zu.

Bevor sie nach Hause flog, schaute sie noch schnell bei Enja vorbei. Lorian half ihr, Bänder zu flechten. Sie sahen wunderschön aus.

„Wo warst du denn den ganzen Nachmittag?", fragte Lorian. In seinem Mundwinkel klebten ein paar Krümel.

„Ich – ich musste Petrula beim Steinepolieren helfen!“, schwindelte Rubinia schnell.

Enja runzelte die Stirn. „Echt? Petrula lässt doch niemanden an ihre Steine.“

Rubinia biss sich auf die Lippe.

Enja packte die bunten Bänder ein. „Danke, Lorian, ohne dich hätte ich das nie so schnell geschafft.“

Rubinia fühlte einen Stich im Herz.

Wer schummelt hier?

Am nächsten Tag war Rabor zur verabredeten Zeit nicht auf der Lichtung. Rubinia wartete eine ganze Weile. Sie wollte gerade wieder gehen, da kam er angeflogen.

„Du bist unpünktlich, das ist alles andere als nett“, sagte Rubinia.

„Und du bist sehr vorwurfsvolllich zu mir!“, entfuhr es dem Raben. „Aber tolle Strümpfe hast du heute an!“

Rubinia sah an sich herunter und grinste. Sie hatte versehentlich zwei verschiedene Strümpfe angezogen! „Das war zwar keine Absicht, aber du hast schon prima gelernt! Schau mal, was ich dir mitgebracht habe“, sagte sie.

Sie zeigte ihm eine Holzscheibe mit

kleinen Mulden darin. In diesen Mulden lagen verschiedene Früchte und Nüsse.

„Hmmm, lecker, ist das alles für mich?“, fragte Rabor begeistert.

„Oh nein, man bekommt nur die Früchte, die man gewonnen hat!“ Rubinia erklärte Rabor die Regeln des Spiels und sie legten los. Als sie eine Weile gespielt hatten, bemerkte Rubinia, dass bereits einige Früchte fehlten, obwohl Rabor und sie noch gar nicht so viele gewonnen hatten!

Sie beschloss, genauer hinzuschauen, wenn der Rabe an der Reihe war. Dabei fiel ihr auf, dass er heimlich Früchte klaute, wenn sie gerade nicht so genau hinsah!

„He, du schummelst ja!“, rief sie, als sie den Raben auf frischer Tat ertappte.

„Schummeln, was ist das?“, fragte er.

Rubinia erklärte es ihm.

„Ihr versteht aber auch überhaupt keinen Spaß hier“, murmelte Rabor.

Rubinia zeigte in den dunklen Wald. „Du bist frei und kannst nach Hause fliegen.“

„Schon gut, ich habe nichts gesagt“, sagte Rabor schnell, denn er spürte, dass Rubinia es ernst meinte.

Als sie sich in einer Pause auf den Wurzeln einer Lärche ausruhten, war Rabor auf einmal verschwunden. Rubinia dachte sich nichts dabei und schloss die Augen. Auf einmal ergoss sich ein Schwall eiskalten Wassers über ihren Kopf.

„He!", rief sie und sprang auf. Ihre ganze Kleidung war nass.

Rabor lachte. „Ich dachte, eine kleine Erfrischung würde dir guttun!", rief er.

An Rubinias funkelnden Augen merkte er aber gleich, dass ihm die Überraschung nicht gelungen war.

Rubinia seufzte. „Weißt du, ich habe meinen Freunden extra abgesagt, um dich zu treffen. Sie wissen nicht, dass ich hier bin. Dabei mag ich es nicht, sie anzulügen oder Geheimnisse vor ihnen zu haben. Viel lieber würde ich dich ihnen vorstellen. Aber wenn du so frech bleibst, geht das nicht."

Rubinia schüttelte das Wasser aus ihren Haaren und flog verärgert davon. Hoffentlich änderte sich Rabor bald.

Eine harte Nuss für Rubinia

Kennst du das Sprichwort: Wie man in den Wald hineinruft, so schallt es heraus?“, fragte Rubinia Rabor am nächsten Tag.

„Du meinst ein Echo?“, fragte er neugierig zurück.

„Ja, so ähnlich“, antwortete Rubinia.

„Ich weiß ein schönes Echo!“, rief der Rabe begeistert. „Was holen die Elstern aus dem Nest vom Reiher? – Eier!“

Die kleine Elfe lachte schallend. „Das ist toll. Und jetzt pass auf: Ich sage etwas Freundliches zu dir, zum Beispiel wenn du niest, dann sage ich: Gesundheit! Und was sagst du?“

„Bei uns sagen wir: Behalt deine Popel selber!“

Rubinia rollte mit den Augen. „Anderes Beispiel. Ein älterer Vogel, der nicht mehr richtig fliegen kann, möchte vor dir in die Waldkonditorei hinein. Was tust du?"

Rabor brauchte nicht lange zu überlegen.

„Ich sage: Aus dem Weg, Alter! Ich bin jung und muss noch wachsen, ich brauche ganz schnell was zum Futtern!"

„Auweia", murmelte Rubinia. Sie dachte nach. Dann entfernte sie sich ein paar Meter von Rabor und tat so, als würde sie stürzen. Sie lag auf dem Waldboden und hielt sich das Knie. „Autsch, es tut so weh …", jammerte sie im Spiel.

Rabor kam zu ihr gelaufen. „Was ist los? Bist du über deine eigenen Beine gestolpert?"

Rubinia klärte ihn auf: „Was machst du, wenn du jemanden siehst, der hingefallen ist?"

„Ich frage ihn, ob er heute Morgen seine Füße falschrum angeschraubt hat", antwortete Rabor wie aus der Pistole geschossen.

„Nein, nein. Was könntest du ihn sonst noch fragen?", wollte Rubinia wissen.

„Ich könnte ihn fragen, ob er die Geier gesehen hat, die schon über ihm kreisen", antwortete der Rabe voller Überzeugung. „Schau, da oben fliegt schon einer. Gleich holt er dich!", meinte er und deutete mit einem Flügel nach oben durch die Wipfel. „Ach, nein, ist nur ein Mäusebussard."

Rubinia stand seufzend auf und rubbelte sich die Erde von den Knien. „Das war leider alles falsch und nicht nett. Ich komme morgen wieder. Und ich hoffe sehr, dass wir beide das hinbekommen!"

„Ich auch", sagte Rabor leise.

Am nächsten Tag kam Rubinia wieder zur Lichtung. „Heute machen wir etwas ganz anderes", kündigte sie dem jungen Raben an.

„Ich bin gespannt wie Flitzekacke!" Rabor hüpfte vor Begeisterung auf der Stelle.

„Du meinst wohl eher wie ein Flitzebogen, oder?", antwortete Rubinia. Sie hatte drei kleine Maikäfer mitgebracht, die im Waldorchester spielten. Die drei setzten sich auf einen großen Stein und spielten mit ihren Geigen und dem Kontrabass auf. „Darf ich bitten?", fragte Rubinia und reichte Rabor die Hand.

„Worum? Ich habe nichts!", krächzte Rabor.

„Ich bitte dich um einen Tanz!", antwortete Rubinia. Sie nahm einen seiner Flügel und drehte sich darunter einmal im Kreis. Dabei stolperte sie über ihre eigenen Füße und fiel hin.

„Was machst du da unten?", fragte der junge Rabe erstaunt. „Hast du was verloren?"

„Nur das Gleichgewicht!", lachte Rubinia. „Noch mal von vorn. Eigentlich verbeugst du dich zuerst vor mir. Das geht so ..." Sie machte ihm eine Verbeugung vor.

Rabor wollte es ihr begeistert gleichtun, vergaß aber, den Hals zu beugen – und zack, steckte sein Schnabel plötzlich im Erdboden fest. „Hllllffffmmm, iffff kkkmmmme nnnnnchtttt mmmmhhrrr hhhhcccchhh!", rief er.

Rubinia half ihm wieder hoch. Erneut übten sie die Verbeugung. Diesmal holte Rabor so viel Schwung, dass sein Kopf und Schnabel auf der anderen Seite wieder durch seine Beine hindurchschauten. Rubinia schmunzelte.

„He, man lacht nicht über andere", stellte der

Rabe fest. „Das hast du selbst gesagt!", beschwerte er sich.

„Stimmt, gut, dass dir das aufgefallen ist. Ich hatte es noch nicht gesagt, aber toll, dass du es selbst herausgefunden hast!", freute sich die Waldelfe über seinen Fortschritt.

Als es ans Tanzen ging, verlor der Rabe allerdings schnell die Geduld. Immer wieder trampelte er Rubinia auf die Füße. „Die Musik ist falsch! Die Käfer spielen alles durcheinander!", rief er und warf den Maikäfern böse Blicke zu.

„Sie spielen richtig", rief Rubinia und zwinkerte

den Käfern zu. „Tanzen ist Übungssache. Du lernst es schon. Komm, gleich noch mal!“

Murrend reichte ihr der Rabe wieder seinen Flügel …

Insgesamt sieben Tage übte die Waldelfe mit dem Raben das Nettsein, den Umgang im Elfenwald und nach einer Weile klappte sogar ein kleines Tänzchen. Am siebten Tag befand Rubinia, dass Rabor so weit war, um ihn den anderen vorstellen zu können.

Und sie wusste auch schon, wann die perfekte Gelegenheit dafür war.

Wird Rabor aufgenommen?

Jeden Mittwochabend feierten die Elfen die Mitte der Woche. Die Feuer-Elfen schichteten ein großes Feuer auf und es gab gegrillte Früchte, Nüsse, Kuchen, Musik und Tanz. Alle liebten diese Abende.

Als Rubinia an diesem Abend zusammen mit Rabor erschien, verstummte die Musik schlagartig. Die Waldbewohner sahen die Elfe und ihren Begleiter neugierig an. Auch Enja und Lorian machten große Augen. Rubinia stupste Rabor in die Seite, damit er sagte, was sie geübt hatten.

Der Rabe räusperte sich nervös. „Guten Abend. Mein Name ist Rabor vom Rabenfels und ich möchte gern zu euch gehören." Wieder räusperte er sich. Er war es nicht gewohnt, so zu sprechen. Die Waldbewohner, Elfen und Tiere, raunten überrascht. Ein neuer Gast?

Rubinia atmete auf. Der erste Schritt war gemacht. Doch jetzt kam der schwierigere Teil. Sie sah Rabor aufmunternd an.

Der holte tief Luft: „Ich möchte ehrlich zu euch sein. Ich habe mir ein paar schlimme Dinge erlaubt." Er machte eine Pause. „Die Flöße von euch Eichhörnchen", er sah die Eichhörnchen an, „die Walderdbeeren", er sah Florentine an, „und die Löcher in den Kleidern ...", sein Blick ging in Richtung der Wäscherei-Elfen, „ ...das war ich." Seine Stimme war mit jedem Wort leiser geworden.

Die Waldbewohner schrien entrüstet auf. Er war der Missetäter! Er war es, der so viel Unruhe in ihre Siedlung gebracht hatte. Und jetzt wollte er zu ihnen gehören?

Alles rief und diskutierte durcheinander.

Rubinia bemerkte, dass Marandor, der weise Elf

aus dem Ältestenrat, am Rande des Festes stand und alles beobachtete.

Rabor senkte den Kopf. „Tja, dann war wohl alles umsonst“, krächzte er kaum hörbar.

Rubinia hatte Mitleid mit ihm. „Kopf hoch“, sagte sie und wandte sich zu den Waldbewohnern: „Hört alle her! Bitte, beruhigt euch!“ Es dauerte allerdings eine Weile, bis alle verstummt waren. „Ich kenne Rabor.“

Die Waldbewohner sahen sich erstaunt an. Sie kannte diesen dunklen Gesellen?

„Rabor stammt aus einem anderen Wald mit anderen Regeln und Gewohnheiten", fuhr Rubinia fort. „Doch er hat sich bereit erklärt, unsere Regeln zu lernen. Wir haben schon viel geübt und er hat große Fortschritte gemacht."

Enja und Lorian sahen sich an. Da hatte Rubinia also die ganze Zeit gesteckt!

„Und wer flickt die ganze Wäsche?" – „Und wer stellt sicher, dass nicht wieder geklaut wird?" – „Und wer sorgt dafür, dass unseren Kindern nichts mehr passiert?"

Noch einmal hob großes Gezeter an.

„Ich gebe euch mein Wort, dass ich Rabor weiterhin helfen werde, damit er sich in unserem Wald wohlfühlt und wir uns mit ihm!“ Lorian applaudierte als Einziger.

Rubinia fuhr fort: „Ich finde, jeder Gast, der gern hier bei uns sein möchte, hat eine Chance verdient. Was meint ihr?“

Florentine rief: „Also, ich finde, das ist eine gute Idee. Und bei dir, Rubinia, ist unser neues Mitglied in besten Händen!“ Sie klatschte laut.

Ja, wenn selbst Florentine das dachte ...

Die anderen Waldbewohner fielen in ihren Applaus ein.

Rabor war plötzlich ganz kleinlaut geworden. „Ich … ich weiß gar nicht, was ich sagen soll“, stammelte er.

„Sag einfach Danke!“, flüsterte ihm Rubinia zu.

„Danke!“, rief der Rabe in die Menge. „Danke!“

Rubinia hob den Daumen. Gut gemacht. Sie war wirklich stolz auf Rabor.

„Ich hätte da auch noch ein kleines Gastgeschenk“, krächzte der junge Rabe, drehte sich um und kam mit einem Schuh im Schnabel wieder, der mit wunderschönen Blumen bepflanzt war.

„He, das ist meiner! Den hab ich gesucht!“, rief Rosalinde, eine ältere Blumenelfe. „Unverschämtheit!“

Bevor Rabor etwas sagen konnte, ging Rubinia dazwischen. „Wir … wir bringen dir den Schuh gleich wieder. Es war nur – nett gemeint. Ich hatte ihm gesagt, er soll etwas Schönes mitbringen für heute Abend."

Rabor gab Rosalinde den Schuh zurück. „'tschuldigung", sagte er. Sie sah ihn halb verärgert, halb belustigt an. „Da haben wir uns ja was Schönes eingebrockt mit dir, mein lieber Scholli!"

„He, ich heiße nicht Scholli, ich heiße Rabor!", verbesserte der Rabe sie.

Rubinia kicherte. „Das sagt man nur so!"

„Oje, oje, ich glaube, ich habe noch sehr viel zu lernen", seufzte Rabor.

Rubinia strich ihm über die Federn: „Hier hast du viele Freunde, die dir helfen werden!"

Später am Abend trat Marandor neben Rubinia. „Wie ich sehe, hast du bereits deine zweite Aufgabe mit Bravour gelöst. Gratuliere!"

Rubinia strahlte ihn an. „Vielen Dank."

„Nur dass du nachts alleine unterwegs bist, das gefällt mir gar nicht ... Du weißt, dass es euch jungen Elfen verboten ist", erinnerte er sie streng.

Rabor hatte zugehört. Er sah Rubinia gespielt ernst an.

Rubinia unterdrückte ein Grinsen. Sie nickte Marandor zu.

Der weise Elf wollte gerade gehen, da fiel ihm noch etwas ein: „Übrigens heißt es nicht Konfetti, sondern Konflikt. Das Wort, wonach du gesucht hast. Es bedeutet, man hat Streit oder Probleme mit jemandem. Aber jetzt ist ja alles wieder Konfetti!" Marandor zwinkerte ihr zu und entfernte sich. Wusste er etwa auch alles – wie die Bäume?

Enja und Lorian kamen auf Rubinia zu. Sie umarmten sie und unterhielten sich nett mit Rabor.

Rubinias Herz machte drei fröhliche Loopings

auf einmal in ihrer Brust. Sie war froh, so wunderbare Freunde zu haben!

Lorian schielte zum Feuer rüber. „Die Haselnuss-Honig-Spieße müssten gleich fertig sein. Kommt, bevor sie alle weg sind!"

Lorian, Enja und Rabor flogen zum Feuer.

Rubinia blieb noch stehen und strich über den grünen Stein an ihrem Amulett. „Danke für deine Hilfe!", sagte sie leise. Der Stein leuchtete kurz auf, als zwinkerte er ihr zu.

Rubinia zwinkerte zurück. Dann flog sie ihren Freunden nach.

Sie freute sich schon auf ihre nächste Aufgabe!

Karen Christine Angermayer ist Autorin, Verlegerin und Ghostwriterin mit Herz und Seele. Ihr Kopf und ihr Schreibtisch sind immer randvoll gefüllt mit tollen Ideen und Projekten, die sie gerne gaaanz schnell umsetzen will. Darin ist sie der kleinen Waldelfe Rubinia sehr ähnlich. Karen Christine Angermayer lebt mit ihrer Familie am Bodensee und in Rheinhessen.

Elke Broska, geboren 1980, studierte Design in Bielefeld und Mainz. Seit 2007 arbeitet sie freiberuflich für zahlreiche Verlage. Sie lebt mit ihrem Mann in Wiesbaden am Fuße des Taunus und unternimmt dort mit ihrem Hund sehr gerne Spaziergänge durch den Wald. Eine Elfe hat sie dabei zwar bisher noch nicht getroffen, aber wer weiß?

Die Geschichte geht weiter

Band 3 | ISBN 978-3-7432-0358-7

Loewe
Das will ich lesen!